AF452967

Double Suite

des

Hors-Texte en Sanguine

La Tentatrice

J.-H. ROSNY

La Tentatrice

Illustrations de A. Calbet

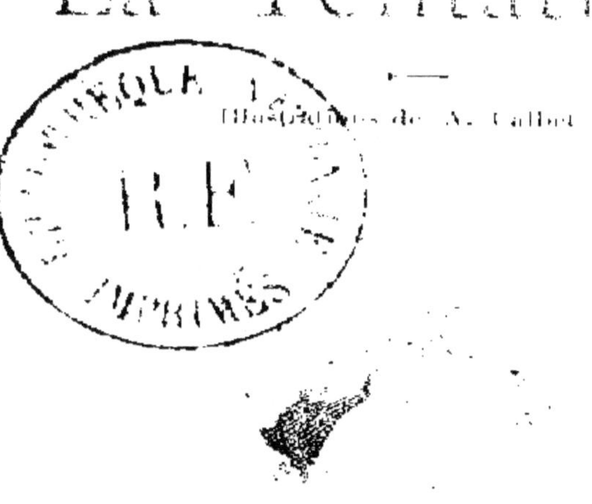

PARIS

LIBRAIRIE BOREL

IMPRIMERIE DE L'ART

21, Quai Malaquais, 21

M DCC XCVII

La Tentatrice

A F. Jourdain

Londres, 19 avril 1865.

Je suis naturellement honnête homme. Il est vrai que
j'y ai peu de mérite, si l'on
me compare à ces gens hé-
roïques tout le temps occupés
à vaincre leurs tentations, et

....

dont les désirs s'exaspèrent d'autant plus qu'ils sont illégitimes. Un objet n'excite pas mon envie parce qu'il m'est défendu ; — et tout au contraire, j'éprouve plutôt un dégoût pour ce que je sais ne pouvoir obtenir sans abus de confiance ou sans équivoque. Cette disposition m'a permis de goûter franchement les joies qui viennent s'offrir chaque jour aux hommes, et qu'ils se refusent le plus souvent, parce que les joies illicites leur ferment le chemin.

Pourquoi faut-il, avec cette garantie de bonheur, qu'il m'arrive justement une épreuve où ma propre volonté n'a été pour rien, pourquoi faut-il

que je souffre d'une volonté
étrangère, à laquelle je ne
puis céder sans recourir au
mensonge et à l'hypocrisie
ou à l'ingratitude? Encore me
serait-il facile d'échapper en
me sacrifiant, — mais je ne
puis le faire qu'en rendant
malheureuse celle qui me
domine, en chagrinant mon
bienfaiteur et en ôtant la sécurité à ma pauvre mère.

Il y a aujourd'hui près de
quatre ans que je fus recom-
mandé à M. Ditchfield. C'est
un homme qui joint d'étranges
défauts aux plus charmantes
qualités. Sujet à des crises de

....

colère qui vont presque à
l'épilepsie, partisan de doc-
trines occultes sur la matéria-
lité des âmes, enfermé quel-
quefois tout seul, durant des
semaines, en une chambre
sombre, il n'en est pas moins,
dans le commerce ordinaire
de la vie, plein de bonté, de
douceur, de prévenance, et
beaucoup plus tolérant qu'on
ne l'aurait pu croire d'abord.

Au physique, il montre un
visage rouge, des yeux noc-
turnes, un nez petit et large,
une abondance de cheveux
raides qui étincellent à l'ombre pendant les temps orageux.

Quand je me présentai à
lui, j'avais vingt-deux ans. Je
venais de perdre mon père,

dont j'étais l'associé, dans un commerce d'instruments de physique, précaire depuis plusieurs années déjà, — par suite du scrupule extrême que nous apportions à vendre des instruments parfaits. — La mort de mon père me laissa sans crédit. J'avais trop peu d'aptitudes commerciales pour lutter contre un habile homme qui convoitait notre fonds et qui l'eut, grâce à des créances rachetées de toutes parts. J'étais ruiné, et ma mère avec moi ; je ne savais que faire, n'ayant de vrai aucune profession définie.

Un vieux savant qui fréquentait notre boutique offrit de me recommander à

M. Ditchfield. Ce gentleman
avait besoin d'un secrétaire
qui pût l'aider en des expériences de physique. Je convins
à l'emploi, je m'assurai rapidement la confiance de mon
maître, et, comme il était
généreux autant que riche,
ma mère reçut une pension
suffisante pour lui assurer le
bien-être et presque le luxe.

A mesure que je me fami-
liarisais avec l'étrange person-
nage, notre mutuelle sympathie croissait. Ce n'est pas que
nous eussions des idées sem-
blables : jamais deux êtres ne
furent plus divers de croyan-
ces. Mais nos caractères s'em-
boîtaient à la perfection, et
mon extrême aptitude au

maniement des instruments délicats enchantait cet homme malhabile qui ne pouvait se servir d'un objet sans le briser. J'étais sa main, en quelque manière, toujours prête à exécuter ses fantaisies, et si les résultats ne répondaient point à ses espérances, il avoua toujours que je n'y étais pour rien, que j'exécutais à merveille ces multiples expériences, auxquelles la nature refusait de faire les réponses sollicitées.

Pour ses colères, j'appris à les subir, comme on subit la pluie, le vent ou l'orage. Elles étaient vraiment effrayantes. Il y dépensait, dans les premiers moments, un vocabu-

laire indigne d'un gentleman,
puis, les mots ne venant plus,
sa figure se tuméfiait, des cris
sauvages s'exhalaient de sa
gorge, ses bras s'agitaient
dans le vide.

Lorsque la scène éclatait
dans le laboratoire, je me
sauvais à l'instant, et il me
suivait avec des menaces :
j'évitais ainsi de véritables
cataclysmes. L'accès terminé,
il était saisi d'un repentir
farouche et, taciturne, il s'en-
fermait des heures ou des
jours ; mais, d'ailleurs, il ne
s'excusa jamais. J'eus, dès la
première fois, plus de pitié
que de colère : c'est par là
surtout qu'il m'aima. Non
qu'il en fût touché pendant

l'accès : tout au contraire, il s'en irritait davantage, si bien que, par la suite, je me forçai à demeurer imperturbable. Mais il y réfléchissait plus tard et me témoignait, indirectement, la plus vive reconnaissance.

Il voyait bien que nul sentiment mercenaire ne se mêlait à la patience dont je m'armais pour recevoir ses injures, et que j'eusse agi de même avec un égal, voire un inférieur, qui eussent été en proie au même mal.

Si j'ai parlé de ces crises, c'est qu'elles expliquent ma timidité dans certains des événements dont le récit va suivre.

Malgré ce travers, M. Ditchfield était le maitre le plus
parfait que pût désirer un
jeune homme de mon carac-
tère. Il me demandait peu de
travail, m'encourageait à oc-
cuper mes loisirs selon mes
propres goûts, se confiait
absolument à moi dans toutes
les circonstances. Sa conver-
sation était agréable et ins-
tructive, sa compagnie charmante.

Sans s'efforcer de me con-
vertir, il m'entretenait beaucoup de ses idées sur le
« quatrième état de la ma-
tière » et sur les esprits. Ces
idées, souvent ingénieuses,
me reposaient des miennes
qui sont positives, mais non

d'un positif froid, — plutôt colorées, mouvementées, comme
le permet d'ailleurs très bien
la science comtemporaine.

J'ai, du reste, un sentiment
aussi profond de la nature et
de ses grâces, de la poésie des
choses qui entourent l'homme,
que j'ai peu de tendance à des
rêveries métaphysiques. Mon
maître le regrettait parfois,
affectueusement. :

— Votre nature est mystique, me disait il, et l'on a
peine à concevoir que votre
esprit le soit si peu!... Mais
la foi luit à ses heures : elle
vous viendra si elle vous doit
venir.

J'étais donc heureux, et
davantage chaque jour ; ma

position était assurée, mon
avenir sans nuages. M. Ditchfield avait même pris des dis-
positions telles que la misère
matérielle ne pouvait m'atteindre, en cas d'accidents aux-
quels je ne pensais d'ailleurs
jamais.

C'est dans la deuxième
année de mon séjour à *Grenville Lodge*, qu'arriva l'événe-
ment qui devait avoir une
influence si néfaste sur ma
vie. Une belle-sœur de mon
maître, qui vivait au Canada,
venait de mourir. Sa fillette,
Mary, alors âgée de quatorze
ans, se réfugia auprès de son
oncle. C'était bien la plus
charmante créature, timide,
aux grands yeux, les joues

rougissant à la moindre émotion, la voix délicate et sen-
sitive, les gestes nobles et
craintifs, et l'allure de jeune
déesse sur les nuées.

Je me pris pour elle d'affection, avec d'autant plus d'em-
pressement que l'ombre même
d'une arrière-pensée ne me
pouvait venir. Sans doute
l'admiration de sa grâce et
l'attrait de son sexe y étaient
pour beaucoup ; mais l'homme
est un être assez complexe
pour avoir fini par *créer* un
genre de tendresse qui n'est
point de l'amour et qui dif-
fère pourtant de l'affection
d'homme à homme ou de
femme à femme. Cela se rencontre aussi souvent parmi

. . . .

les races du Nord que c'est
rare parmi les races du Midi.

En ce qui me concerne,
Mary éveilla vite dans mon
cœur un sentiment très pur,
où ne se mêlait ni la jalousie,
ni l'équivoque amour plato-
nique, mais où sa charmante
figure de sylphide et la vibra-
tion émouvante de sa voix
avaient leur bonne part.

Elle m'approcha dès l'abord
avec une sympathie au moins
égale à celle qui m'attirait
vers elle. Au bout d'un mois,
elle me marquait une telle
préférence sur tous les autres
êtres, que M. Ditchfield aurait
pu en devenir jaloux. Il n'en
fut rien : l'excellent spirite vit
avec plaisir notre entente ; il

me confia même une partie
de l'éducation de la fillette.

Et les dix-huit mois qui
suivirent furent plus heureux
encore dans *Granville Lodge*
que les deux années de mon
début. Mary était comme une
source fraiche où je me repo-
sais de mes fatigues, — car
je travaillais beaucoup pour
mon compte, sinon pour celui
de mon maitre. — Je renou-
velais mon énergie dans son
jeune enthousiasme, dans son
doux regard, dans sa candeur;
je me trouvais plus fort et
plus courageux pour m'être
fait enfant comme elle.

Je ne la voyais pas gran-
dir : je ne voyais pas les harmonieux coups de ciseau du

....

sculpteur éternel, l'approche
d'une nouvelle saison hu-
maine, — la jeune fille jail-
lissante. L'œil bleu avait une
lueur plus assurée. C'était une
lampe où déjà pouvait brûler
la passion. La sylphide n'avait
plus l'indécision des formes ;
ses cheveux ne roulaient plus
en masse désordonnée ; sa
familiarité était plus retenue.
C'était une ferme et belle
magicienne ; l'âpre amour
pouvait frémir à son beau cou
provocant, à la ligne fière de
sa hanche. Mais entre elle et
moi s'étendait l'habitude :
l'étincelle seule, le grand dé-
chirement de l'éclair devait
me forcer à voir la créature
adorable.

Dieu sait que cette étincelle
n'eût point jailli *spontanément*
de mon cœur.

C'est au dernier mois d'octobre que j'ai reçu le premier
avertissement. Mary m'avait
demandé de la conduire au
British Museum. D'abord gaie,
presque rieuse, devant les
têtes dures des empereurs
romains, les larges fronts phi-
losophiques, les hautes, sveltes
statues divines, une gravité
l'avait enfin prise, un charme
très doux devant ces nobles
formes blessées : Zeus sans
front, sans bras, Diane aux
seins fiers mais cruellement

....

meurtrie, tuniques brisées, corps sans tête, membres tordus, naïades fragmentaires, ægipans sans pieds.

Elle me chuchotait une mélancolie naissante qui devint de la tristesse lorsque nous pénétrâmes chez les Assyriens : les rangées guerrières, les files de rois enchaînés, courbés sous le joug, le grimoire des triomphes, les Teglath-Phal-Azar, les Assur Nasir Pal, les Shalmanazar chantant orgueilleusement leurs triomphes dans les féroces inscriptions lapidaires, ces hommes à barbe annelée, raides, de profil, à l'œil froid, ces barques singulières, les lions-taureaux, les déités à têtes d'aigles, à dos

squameux, les dures proces-
sions militaires, les poses
implacables des rois victorieux,
et, sous tous ces tableaux de
l'antique gloire mense, les
écritures cunéiformes, les let-
tres-clous, ajoutant on ne sait
quelle impression de conquê-
tes sans miséricorde, — dé-
chirement de chairs de vaincus,
majesté sanglante, immense
écrasement des races par les
despotes! Tout cela terrifia
Mary à l'heure où les salles
commençaient à s'assombrir.

Elle m'attira près d'elle, et,
dans les salles égyptiennes,
son malaise augmenta. A la
lueur blémissante, l'Égypte,
avec une incalculable puissance, dressée dans ses pierres

....

vertes, noires et brunes, semblait aussi dure que le diamant. Les sombres statues reluisaient, les dieux-chats, les dieux-hiboux se tenaient sinistres, et la Mort planait sur les sarcophages peints de couleurs impérissables. Partout une funèbre sensation de durée, d'éternité, pesant sur la pauvre silhouette fugitive de l'homme. La jeune fille m'étreignait le bras. Elle était pâle.

Elle me regardait étrangement :

— Qu'avez-vous? lui dis-je, inquiet.

— J'ai peur, répondit-elle à voix basse.

Sa main tremblait. Je me

hâtai de l'entrainer dehors, sous le péristyle. Le soleil l'égaya ; elle montra une joie un peu fébrile à voir un groupe de pigeons qui picorait dans la cour. Elle continuait à me serrer le bras, elle parlait d'une façon décousue :

— Vous êtes encore agitée, murmurai-je. Voulez-vous que nous prenions une voiture ?

— Non, la marche me fera du bien.

En route elle parut se calmer. Elle m'interrogea, avec sa jolie familiarité coutumière, sur ce que nous avions vu, tandis que sa beauté faisait se retourner les hommes à notre passage. Quant à

....

moi, je n'avais réellement
aucune idée que son émotion
pût avoir une autre source,
sinon la mélancolie des sombres salles pleines de fantômes
de granit.

Quand nous arrivâmes à
Grenville Lodge, le crépuscule
était en son milieu. Nous
nous arrêtâmes un instant à
contempler le beau square
automnal. Les feuilles tom-
baient légères sur les chemins
et les pelouses: Mary les regardait d'un air triste.

— Vous ne direz pas, fit-elle
brusquement, que j'ai eu peur?

— Non, je ne le dirai
pas.

— Alors, vous croyez que
j'ai vraiment eu peur? reprit-

elle, ses yeux fixés sur les
miens.

Son ton me surprit, et plus
encore son étrange regard.

— Je l'ai cru, répondis-je.

— Vous vous êtes trompé,
dit-elle d'une voix douce et
un peu plaintive; je n'ai peur
de rien quand vous êtes pré-
sent... je n'ai peur que de
vous

Elle eut un sourire triste,
volontaire, magnétique, et
alors je vis soudain combien
la petite fille était devenue
grande.

Je ne m'en inquiétai pas du
tout. Quand je me retrouvai

....

seul avec moi-même, je me mis à réfléchir à la *chose*, avec une espèce de bonhomie. Je pensai que j'aurais dû le prévoir, mais que, pour ne l'avoir point prévu, le mal n'était pas bien grand. Comme Mary ne pouvait atteindre l'époque de son mariage sans quelque amourette, autant, après tout, que je lui fusse le premier modèle qu'habillerait sa fantaisie. Avec un peu de sagesse, il y en avait là pour six mois; — après quoi elle s'apercevait très bien toute seule que je ne réalisais pas son idéal.

La difficulté était de lui faire passer ce petit épisode sans trop de souffrance. Quant à craindre que je ne tombasse

amoureux d'elle, l'idée ne
m'en vint certainement pas :
Mary me semblait aussi loin
de moi que si elle eût habité
une autre planète. J'étais ému.
à l'idée que sa petite chimère
pût lui causer quelques insomnies. j'étais touché de ce
que sa chère grâce se commit
à me prêter la forme de l'amoureux, mais tout s'arrêtait là,
— et sans argutie. J'ai beau
fouiller ces souvenirs et y
vouloir découvrir l'équivoque,
je n'y rencontre en vérité que
ma parfaite bonne foi. J'en
revenais toujours à me dire :
« Comment faire pour qu'elle
n'en ait pas de chagrin » ?

Il me semblait urgent de
choisir quelque plan dont je

ne me départirais pas dans la suite ou de m'abandonner à quelque résolution abrupte. J'écartai l'idée de feindre l'amour, comme inconciliable avec l'entier respect dû à la nièce de mon maître, quoique je fusse persuadé que c'eût été le meilleur moyen de hâter la guérison. Il me restait trois partis à prendre : demander un congé assez long, — me tenir dans une réserve sévère, refroidissante, — ou continuer à être l'ami familier et tendre, sans paraître m'apercevoir de rien, quelle que fût l'attitude de Mary.

Pour le départ, il était presque inutile d'y penser : justement M. Ditchfield inau-

....

gurait une série d'expériences
qui nécessiteraient ma présence durant tout l'hiver, et il
n'était pas homme à y re-
noncer. D'ailleurs, à moins
d'être d'une durée excessive,
l'absence pouvait aussi bien
surexciter le caprice de la
jeune fille que le calmer; et,
avec ce que je connaissais de
son caractère, la première hypothèse était la plus plausible.

La froideur et la sévérité
auraient l'inconvénient de
peiner Mary, tout en la por-
tant à des réflexions qui pour-
raient bien aller à l'encontre
de mon but. De plus, cela
surprendrait M. Ditchfield, —
ce que je tenais essentielle-
ment à éviter.

Restait le *statu quo*. En me
montrant surtout par le côté
« grand frère », en m'obsti-
nant à donner le caractère de
la camaraderie à nos rela-
tions, en sachant à propos
détourner les tristesses et user
de cordiale raillerie, j'avais
décidément plus de chances
que de toute autre façon.

Je résolus de m'en tenir à
cette attitude.

On s'avisera que j'aurais
pu aussi m'entendre avec
M. Ditchfield. Cela est très
vrai, et même le moyen eût
pu être décisif. Mon maître
aurait sans doute envoyé Mary
en quelque endroit où il serait
souvent allé la voir. Mais il

me répugnait étrangement
d'user de ce moyen. Le petit
secret de la jeune fille ne
m'appartenait pas. Pour éphémère que me parût son ca-
price, je le tenais pour infini-
ment respectable. Si j'avais
pour mon compte le droit et
le devoir de l'écarter avec douceur, j'aurais cru faire une
grave injure à la charmante
fille en prenant un complice
pour la combattre, pour la
traiter en petite enfant qu'on
trompe ou qu'on punit.

Par surcroît, je ne croyais
vraiment pas que l'aventure
valût de tourmenter l'esprit
excitable de mon maître ; je
la voyais d'avance résolue par
le jeu naturel de la vie. Enfin,

. . . .

pour tout dire, j'avais la con-
viction que Mary, étant arrivée
au moment de la première
amourette, rien ne saurait
empêcher sa tendresse de se
répandre. Et comme M. Ditchfield était déplorable observa-
teur, il pourrait placer sa
nièce en telle compagnie
qu'elle courût un danger
véritable et voulût se ma-
rier avec un être indigne
d'elle. La loi anglaise rend
cette hypothèse admis-
sible...

Bref, j'en arrivai à me con-
vaincre qu'il ne fallait pas
changer un iota aux habitudes
de la maison, et même je me
demandai s'il n'y avait pas à
se réjouir que l'inévitable se

produisit plutôt de cette manière.

Au dîner, l'enfant se montra
mélancolique; il me parut
qu'elle avait regret de ce qui
s'était passé. Elle se coucha
de bonne heure et se leva le
lendemain très pâle, au point
que son oncle le remarqua :

— Tu n'es pas indisposée,
ma chérie? dit-il avec intérêt.

Elle répondit, rougissante :

— Un peu, mais je suis
bien sûre que ce n'est rien.

— Nous ferons venir le
docteur.

— Oh! non, s'écria-t-elle
avec une espèce de crainte. Je
déteste les médicaments...

. . . .

— En ce cas, attendons, fit le brave homme.

Et il se mit à me parler de son « double miroir magné- tique pour photographier les esprits », instrument au- quel il me faisait travailler depuis plusieurs jours et au- quel il attachait les plus grandes espérances.

Mary pendant ce temps finissait son premier déjeuner, — elle y avait à peine touché, — puis se retirait. Nous tra- vaillâmes une partie de la matinée, mon maître et moi, d'autant que la réalisation de son fameux miroir soulevait de petits problèmes qui m'in- téressaient véritablement.

Vers onze heures seulement

je pris du repos. C'était le
moment de ma promenade
quotidienne dans notre square,
qui est le plus vaste de Londres, et dont l'usage appartient
exclusivement aux habitants
des demeures avoisinantes. Je
pris ma clef et fus bientôt sur
les sentes.

Par ce charmant matin de
fin octobre, il n'y avait
personne. Le square s'étendait
solitaire et triste comme un
vieux parc, avec ses grands
arbres centenaires.

Peut-être les arbres ont ils
plus d'individualité après la
chute des feuilles. Aux sai-
sons fécondes, le corps, le
tronc disparaît, comme aussi
les lignes des branches, de

rameaux, et un arbre n'est qu'une immense chevelure où les traits s'épaississent, — sauf la sveltesse des hauts peupliers.

Je me trouvais devant la bizarrerie des rameaux, leur nudité caractéristique où, de ci, de là, pendillait encore quelque touffe de feuilles. De la pelouse de ray grass, j'en voyais un grand cercle, masse noire où l'éternelle brume anglaise, légère ce matin, s'accrochait. En approchant, le chaos devenait « forme », les individus saillaient. L'orée était faite d'arbustes, et, à travers leurs fouillis, l'argent doux des bouleaux rayonnait, très pur parmi l'ébène ou l'éme-

ICIL.
A. Calbet

raude des autres écorces au-
tomnales. Nul filigrane des
bois n'a la finesse exquise
des bouleaux, la grâce de
leurs ramilles tremblantes sous
un ciel gris.

Un peu à l'arrière, deux
platanes élevaient de fermes
troncs pâles, où l'écorce tom-
bait par grandes plaques, et
dont les branches semblaient
de sombres boas tachetés de
jaune clair.

Un peuplier blanc, vrille
dans le ciel, vert-de-grisé à la
base, puis de plus en plus
clair, finissait, à la cime, en
flèche de métal blanc, tandis
que des peupliers d'Italie
s'élançaient, sveltes, à côté
d'un pin du Canada épais,

....

paré de membrures velues.
Un gros robinier, tout cou-
vert de verrues, frappé de
la hache, jetait quatre bras
énormes, vrai monstre infirme
devant de fins et harmonieux
tilleuls, lisses, brillants, aristo-
cratiques. Puis des érables
sycomores redressant leurs
troncs gris d'acier, de calmes
marronniers étalant fortement
leurs ramures, un orme qui,
vers la cime, abritait une
famille de gigantesques cham-
pignons, des charmes solides,
carrés, l'air d'athlètes...

Je ne sais pas pourquoi le
souvenir de ce matin-là m'est
demeuré si fixe, mais les moin-
dres détails en sont photogra-
phiés dans ma mémoire. L'air

était tiède, langoureux ; j'avan-
çais par une allée de
buis, de sapins, d'aucubas et
de houx colosses qui sont les
plus beaux que je connaisse.

Une pièce d'eau m'arrêta :
deux ilots y émergent, plantés
de frênes pleureurs, qui bai-
gnent leurs longues branches
pendantes.

Comme je rêvais, immobile,
j'entendis un pas léger et vis
Mary qui avançait vers moi,
aussi pâle que les nues. Elle
semblait hésitante, troublée.
Je ne l'avais jamais vue aussi
gracieuse, aussi marquée du
signe des élues. Ne croyez
pas que je fusse là sous l'illu-
sion des gens dont un re-
tournement de sensation des-

sille les yeux... C'était la
réalité pure. Mary apportait
la lueur de l'amour qui trans-
figure jusqu'aux laides. Je la
regardai venir avec admiration et pitié ; je composai
mon attitude :

— Voilà, dis-je, un matin
fait à souhait pour le
bonheur... Regardez, mon
enfant, si l'on peut rêver
quelque chose de plus fiè-
rement élégant que ces peupliers ? Comme ils se lan-
cent droit parmi la dentelle
noire, comme leurs têtes
effilées redressent chacun de
leurs rameaux !

Je parlais avec quelque em-
phase, un ton de pédagogue
qui étonna Mary. C'était mal

....

débuter, et je repris mon ton habituel :

— Voilà notre pauvre square tout nu !

— Je vous ai entendu dire que vous l'aimiez ainsi.

— Cela est vrai. Mais je l'aime de toutes les façons : je l'ai aimé du premier coup d'œil. Il est aussi beau qu'un parc et aussi mystérieux. C'est un jardin de roi.

Elle me jeta un coup d'œil pathétique ; j'eus comme une vision que la jeune âme était aussi un jardin de roi, belle et mystérieuse, et qu'elle souffrait véritablement. Je ne m'attendais pas à cette idée. Mary avait baissé la tête ; ses bras retombèrent avec une

....

langueur élégante. Elle murmura : « Un jardin de roi! » et demeura pensive.

Je parlai quelque temps, sans que son attention se fixât à ce que je disais. Je lui fis remarquer sa distraction.

— Oui, fit-elle, je songeais à votre phrase de tantôt — que c'était « un matin fait pour le bonheur ». Est-ce qu'il y a des matins faits plus spécialement pour le bonheur? On aime le brouillard à Christmas, et la fête ne me semble bonne qu'avec ce brouillard.

Elle redevint pensive, et je voyais se soulever longuement sa jeune poitrine. Les nuages ouvrirent une fine meurtrière.

Un délicat soleil pâle sortit,
glissa sur la noirceur des
branches, y répandant de l'or.
Il s'élevait à la cime d'une
chaine vaporeuse et, sur les
courts frissons de l'eau, faisait
courir une cascade de rayons.
De petits flots rutilants bat-
taient la rive. L'eau, vers les
iles, était noire, et les arbres
s'y reflétaient confusément.
Sur le sol fauve, quelques
herbes faisaient rêver de prin-
temps. Les buissons, plus vifs
que les ramures, semblaient
saisir les blêmes rayons par
les pointes vives de leurs
branchettes.

La blancheur délicate du
ciel mettait un fond de poésie
pénétrante sous l'chêne opaque

des troncs et les filets ténus
des ramilles. Au loin, les vapeurs formaient un voile bleu
où des sapins se tenaient raides
et funèbres.

Des centaines de moineaux
se baignaient, fous de la
tiédeur du jour. Ils se plongeaient dans l'eau, frénéti-
ques, hérissant avec grâce
leurs plumes, se secouaient,
oublieux déjà de l'automne.
On les voyait surgir de partout, par grandes bandes
jacasseuses, des ormes, des
peupliers, des bouleaux, de
l'ombre des houx. Cette multitude de petites bêtes rousses,
le calme triste de l'endroit
parurent émouvoir Mary profondément.

. . . .

Elle mit la main sur son cœur et dit :

— Je crois que ce sont les plus beaux jours qui font le plus souffrir !

Je sentis le danger de la pente. Je répondis avec douceur :

— C'est assez plausible, mais il est inexcusable de souffrir quand la souffrance n'a pas de cause réelle. Il faut avoir le courage de n'être pas triste inutilement.

— Oui, à la condition de savoir quelle tristesse est inutile !...

Sa réplique me surprit.

— Toute tristesse est inutile dont l'objet est indigne de notre effort ou trop loin de

....

notre effort.. et toute tristesse aussi qui ne repose que
sur des imaginations !

— Ah ! fit-elle... connais-
sez-vous des tristesses qui ne
reposent pas sur des imaginations ?...

— Toutes celles, repris-je
avec d'autant plus de fermeté
que j'étais gêné de la niaise-
rie de ma réponse, — toutes
celles qui sont légitimes...
qui naissent à propos de nos
parents et de nos devoirs !

— Ce sont des imaginations !

— Ce sont des réalités,
m'écriai je... et sans elles
l'homme descendrait au-des-
sous de la brute.

Elle fit un geste d'impa-
tience et de reproche :

— Ah! murmura-t-elle...
Vous ne vous souvenez pas.
Vous n'avez vous-même en-
seigné que ce sont justement
nos imaginations qui enno-
blissent notre idéal.

Je commençai à sentir la
difficulté de mon rôle, et que
l'enfant s'apercevait bien de
tout ce qui serait tactique et
mensonge. J'avais fâcheuse-
ment débuté; loin de paraître
naturel, je venais en un moment de laisser apparaître des
contradictions grossières.

— Nous errons, ma chère
Mary! repris-je d'un ton
affectueux. La réalité sociale,
pour mêlée qu'elle soit d'imagination, est un certain
accord entre notre position

dans le monde et nos désirs.
Si l'amour pour ses parents
renferme de l'imagination,
avouez que vous ne confon-
dez pas cette imagination avec
celle de quelque amour pour
un objet lointain ou futile !

Elle ne répondit pas. Elle
soupira, elle fixa ses beaux
yeux sur l'étang.

Dans le détroit, entre les
îles, deux cygnes s'avancèrent,
la tête haute, frôlant les
branches des frênes. Les moineaux avaient cessé de se
baigner. Une multitude infinie, un peuple, pépiait dans
les branches d'un orme. L'immense ramure en abritait des
milliers. Sur les ramilles nues,
ils se montraient distincte-

ment et la brise les agitait, par grappes ; leurs petits corps frissonnaient serrés les uns contre les autres. Il en sourdait un hosanna joyeux, éclatant, une véritable clameur de vie.

Tout à coup Mary se détourna. Sur ses beaux traits blêmes je revis l'histoire mystérieuse. Grandie, droite dans sa robe virginale, elle baissait les yeux toute tremblante.

— Mary…, commençai-je.

Les paupières se levèrent, les yeux apparurent éblouissants, pleins d'une expression farouche, craintive et hardie, et l'âme tout entière, une pauvre jeune âme traquée, y parut.

. . . .

— Mon Dieu ! balbutia-t-elle.

Cette fois je lisais trop bien, dans les yeux ardents, la force de l'aventure, et, tandis que la jeune fille s'enfuyait, je demeurai dans une méditation inquiète.

Je restai là jusqu'à midi. Je convins que la passion nette pouvait être de l'amour ; j'étais touché jusqu'aux larmes en me souvenant de ce beau et triste regard douloureux. Oui, en vérité, touché jusqu'aux larmes, ému de ce que ma gracieuse amie fût devenue amoureuse, mais pas d'un scrupule moins déter-

miné à laisser mourir sa tendresse sans lui accorder la moindre feinte de retour.

Quelques mois passèrent. J'avais de point en point suivi la ligne de conduite que je m'étais fixée. A Mary chagrine et pâle, j'opposais une amitié fraternelle et douce. Elle semblait s'y être résignée. Délicate et noble, elle essayait de lutter contre elle-même, elle s'exerçait à cacher des sentiments dont on ne voulait pas s'apercevoir.

Sur un seul sujet elle demeurait intraitable : elle ne voulait se priver d'aucune des

....

leçons que j'avais accoutumé
de lui donner. Tout ce que
je tentai sur ce point fut vain.
Dès que j'essayais d'esquiver
quelqu'une de nos études, elle
manifestait une agitation dan-
gereuse, elle perdait sa retenue, se répandait en plaintes ;
ses yeux étincelaient de désespoir ; elle devenait blanche à
faire trembler. Je vis que la
meilleure tactique, le plus sûr
moyen d'obtenir la paix, était
encore de ne rien changer au
règlement des journées. Pourquoi compter sur l'absence
plus que sur toute chose ? la
monotonie des habitudes ne
serait elle pas la meilleure
auxiliaire ?

Nous arrivâmes ainsi jusqu'en avril. Un soir que j'étais à travailler à quelque menue expérience, Mary vint me rappeler que c'était « jour d'étoiles ». Elle appelait ainsi la leçon d'astronomie pratique que je lui donnais chaque semaine, au petit observatoire de son oncle, lorsque le temps le permettait.

— Il y a, fis-je, des nuages.

— Oui, répondit-elle, mais avec de grandes éclaircies.

Je n'ajoutai pas un mot. Ayant pris la clef de l'observatoire, je précédai Mary dans l'escalier. Le temps était variable, mais tiède et charmant. Les vapeurs capricieuses couvraient, puis découvraient les constellations. Je m'arrêtai

un instant au bord du belvédère, séduit par la beauté du
ciel en désordre. Un rayon
électrique, projeté du haut
d'un théâtre, tomba dans ce
moment sur ma jeune compagne. Je la regardai avec un
inconscient émerveillement,
comme un grand frère pourrait regarder une sœur très
jolie. La brise secouait sa
robe, ses cheveux, son fichu
frangé d'argent. Elle haussait
sa tête claire, elle riait. Les
nues, en s'écartant, parfois
montraient le Lion, le Bouvier
errant avec la Couronne, la
Vierge avec le frais Épi. En-
suite, ces constellations s'effa-
çant, Hercule apparaissait sur
Ophiuchus ou, au nord, Cas-

siopée, Persée, la Chèvre
éclairaient magnifiquement la
Voie lactée.

Mary se tourna vers le Par-
lement, attirée par la grande
sonnerie planante de Big Ben,
et tout à coup elle dit d'une
voix rêveuse :

— Big-Ben sonnera ainsi
dans cent ans ! .

Je ne répondis pas. L'accent
de l'enfant me touchait. J'avais
le cœur plein de pitié. Je sentis comme elle l'effroi du
temps éphémère. Je regardai
le défilé des vapeurs sur l'Ai-
gle et le Dauphin, ou sur les
deux Ourses, le Dragon, Cé-
phée pâle et Wéga la glo-
rieuse.

Ah ! combien plus encore

que Big Ben tout cela demeu-
rera immuable pendant un
siècle !

— Il n'y aura vraiment pas
moyen de rien faire, — dis-je
après un silence ; — aucun
coin du ciel ne demeure libre
dix minutes !

Comme je disais ces mots,
l'attitude de l'enfant m'étonna.
Elle se cramponnait à l'appui
du belvédère. Ses yeux étaient
fixes et agrandis, sa tête pen-
chée sur l'épaule gauche.
Soudain, elle poussa un profond soupir, sa bouche s'en-
tr'ouvrit et je la vis chanceler.
Je n'eus que le temps de la
prendre dans mes bras : elle
était évanouie.

Un moment, je demeurai

tout saisi, incapable d'agir. Je regardais ce visage délicieux, ces cheveux répandus sur mon bras, ces longs cils, cette fine bouche pâlie, et, pour la première fois, ma pitié prit un caractère dangereux. J'osai penser combien il était injuste que la destinée me condamnât à contrister cette aimable créature, si bien faite pour être heureuse et pour rendre heureux celui qu'elle serait libre d'aimer.

C'était déjà faire le procès à la destinée, et par là succomber à cette tentation du fruit défendu, si étrangère à ma nature.

Je ne m'y attardai point, d'ailleurs. Il était urgent de

secourir ma jeune compagne. Tout d'abord je l'emportai dans l'observatoire, je la déposai sur un fauteuil d'osier, et je demeurai hésitant autant que troublé. Appellerais-je quelque servante pour donner des soins à mon amie? Trahir son évanouissement, n'était-ce pas abuser d'un secret? Cent menus arguments se pressaient dans ma tête, s'entre-détruisaient, puis repre-naient en cycle. Je résolus finalement d'aller au plus pressé, quitte à demander du secours si je ne réussissais pas à ranimer Mary : par le fait, l'observatoire contenait le nécessaire pour soigner cette indisposition.

Au bout de quelques mi-
nutes, Mary rouvrit les yeux,
me regarda avec surprise. Un
peu de couleur lui revint. Elle
sourit mélancoliquement.

— Ce n'est rien, lui dis-je.

Elle continuait à me regarder, et l'on ne saurait rien
imaginer de plus touchant que
la vie qui revenait habiter ces
beaux yeux bleus.

Mais avec la vie, une amertume intense, un désespoir
farouche naquirent. Et telle
était alors la clarté d'expression de son visage qu'il semblait qu'elle me parlât à haute
voix. Et je *répondis*, je ne pus
m'empêcher de répondre :

— Laissez-moi vous sup-
plier, Mary, d'avoir quelques

....

mois de patience... et *cela*
s'effacera de votre cœur sans
y laisser de trace!

— Croyez-vous?

Elle se leva devant moi,
dans sa beauté et son désordre,
dans la puissance de sa faiblesse. Elle m'imposa pour la
première fois sa séduction.
Et elle murmura d'une voix
sombre :

— Vous ne me connaissez
pas! Ma mère avait écrit sur
sa Bible : « Celles de ma race
sont fidèles jusqu'à la mort! »
Et moi, je suis de celles de
cette race!

Je n'eus pas la force de
répliquer. Nous redescendî-
mes en silence.

Je n'essayais pas d'ergoter.

Je n'avais qu'à fermer les paupières pour voir la silhouette même de l'Amour : ma petite amie, dans sa beauté, son désordre et ses grands yeux mystérieux. Je savais que rien désormais ne lutterait contre elle dans mon cœur. Je n'avais plus que la ressource des stoïques, et, cela va sans dire, j'étais prêt à broyer ma vie plutôt que de trahir mon bienfaiteur.

Je passai une partie de la nuit à prendre des résolutions. Elles se résumaient toutes dans l'idée de mon départ,

....

elles sacrifiaient toutes mon
bonheur et la sécurité de ma
pauvre mère.

En même temps, je repre-
nais le procès du sort. Volontiers me serais je sacrifié moi-
même, mais pourquoi les
autres? Pourquoi le chagrin
que j'allais sûrement causer à
M. Ditchfield? Pourquoi la
vieillesse de ma mère mena-
cée? Pourquoi le désespoir de
ma chère Mary?.. Et j'enten-
dais une voix me parler
comme au croyant une voix
prophétique : « Et moi, je
suis de celles de cette race! »

— Puisque vraiment, m'é-
criais-je dans mon insomnie,
je ne l'ai point voulu! Puisque
je n'ai pas recherché l'occa-

sion, puisque aucun méchant
désir ne s'était fait jour dans
mon âme... et puisque
l'amour est né de la pitié!...
Sans la pitié, sûrement j'aurais
résisté à la tentation !

Et je demeurais comme
anéanti, puis des larmes me
soulageaient.

Mais à la suite de ces crises
la chevelure luxueuse, la face
brillante de mon amie se
gravaient plus profondément
en mon souvenir et me brû-
laient d'amour, de regret et
d'effroi.

Vers l'aube je retrouvais un
peu de calme ; je m'endor-
mais dans la ferme résolution
de partir.

Je m'éveillai un peu plus tard que de coutume. Je pris une tasse de thé dans ma chambre, et je me remis à réfléchir, en attendant l'heure où je devais rejoindre M. Ditchfield. D'ailleurs, je demeurais fidèle à ma résolution : c'était véritablement la seule issue honnête. Tout le reste était péril, équivoque, déloyauté. Puisque j'aimais la nièce de mon maître, mon devoir ne pouvait être que dans la fuite.

Comme je méditais sur les prétextes que je donnerais à M. Ditchfield, dix heures son-

nèrent à l'église voisine, sui-
vies du carillon. Mon cœur
défaillit, une sueur d'angoisse
froidit sur ma tempe.

Les plus doux souvenirs
tremblèrent dans mon esprit,
avec chacune des petites notes
familières. J'eus la même
raideur de souffle, la même
suffocation que le jour où
mourut mon père.

« Courage ! pensais-je... Le
plus grand malheur est de ne
pas savoir porter sa destinée. »

J'ouvris doucement ma
porte ; je passai dans le cor-
ridor. Mais j'avais à peine
fait trois pas, qu'une autre
porte s'ouvrit. Je vis devant
moi ma divine amie, qui me
barrait le chemin.

Je la regardai avec un fris-
son, sans pouvoir dissimuler
ni ma peine, ni ma tendresse.
Chez elle, malgré une inquié-
tude égale, s'apercevait le
sentiment de la victoire, une
douce et aimante victoire prête
à s'épanouir en bonheur.

Elle parla sans détour :

— Je sais ce que vous vou-
lez faire, me dit-elle, je le sais
aussi clairement que si je
l'avais résolu moi-même. *Mais
je ne le veux pas!...*

— Ni votre volonté ni la
mienne, répondis-je d'une
voix brisée, ne doivent entrer
en compte. Au-dessus de vous
et de moi, il y a ce qui doit
être... Tout le reste serait
mal.

— Vous le dites, mais je ne pense pas ainsi. Je ne veux pas vous voir partir... et si vous partiez *maintenant*, rien ne saurait m'empêcher de vous suivre... et si je ne pouvais vous suivre, rien ne saurait m'empêcher...

Elle n'acheva pas : ce n'était point nécessaire. Elle venait en quelques mots de changer toutes les combinaisons du Devoir. Mes fortes résolutions de la nuit s'effacèrent toutes ensemble, aussi vaines que le souffle d'un enfant sur une fournaise.

— Il est affreux, balbutiai-je, de placer ainsi vos sentiments au-dessus de votre devoir !

— Je n'entends pas le de-

voir à votre manière! répli-
qua t elle avec gravité. Il y a
de par le monde une créature
dont je puis disposer à ma
guise, et dont nul autre n'a
le droit de disposer : cette
créature, c'est moi-même.

— Vous êtes trop jeune
pour parler ainsi !

— Peut-être, si mon choix
n'avait dépendu que de mon
propre jugement! Mais l'opinion de mon oncle sur votre
personne n'a pas été étrangère
à mes sentiments... ni à ma
volonté.

— L'opinion de votre oncle
n'est pas que je puisse vous
convenir comme époux.

— Non, mais son opinion
est que vous êtes le plus

loyal et le plus honnête des hommes !

— Et si je répondais à cette confiance par l'hypocrisie et le mensonge, ne serais-je pas doublement méprisable ?

— Je ne vous demande ni équivoque ni hypocrisie. Mais mon secret m'appartient : vous n'en disposerez que si je vous le permets.

— Et moi, je vous déclare que je n'écouterai plus un seul mot touchant ce secret. Vous me contraignez à demeurer ici, soit ! Mais du moins vous ne me forcerez à aucune chose qui soit contre mon devoir !

Ma voix était rauque, résolue. Mary me jeta un regard

....

très tendre, presque humble,
et répondit :

— J'y consens. Je ne vous
parlerai plus de rien. Et si je
manquais à ma parole, je jure
de vous laisser partir sans
tenter de vous suivre ni de
rien faire contre moi même.

— Cela étant, je resterai...
mais en vérité, vous avez
choisi la mauvaise voie.

Elle garda le silence. L'heure
me pressait. Je m'inclinai doucement, je partis, dans une
mélancolie affreuse.

10 juin 1825.

Chaque jour a rendu ma
situation moins tolérable. Je

me suis raidi dans mon devoir, j'ai mis entre Mary et
moi une barrière infranchis-
sable, mais d'autant plus ma
pauvre âme est-elle esclave. A
chaque acte de résistance, je
sens mieux ma faiblesse. Je
suis condamné à l'amer supplice d'un amour toujours
croissant et d'une espérance
toujours décroissante. Mes
sens, mon ouïe surtout, sont
devenus d'une acuité extrême ;
je reconnais le pas léger de
Mary dans sa chambre, alors
que deux étages nous sépa-
rent : elle m'est ainsi toujours
présente.

J'ai maigri et pâli au point
que mon maître, si distrait,
s'en inquiète. Je suis enfin

....

douloureusement vaincu, misérablement condamné — et je n'ai, en conscience, rien fait pour mériter mon supplice. La seule volonté d'une fillette a tout résolu; mon amour n'est point né de lui-même, mais de l'impérieuse puissance d'un autre amour. Hélas! il n'en est pas moins violent pour m'être imposé! Jamais amant ne souffrit plus de la beauté de sa bien-aimée; jamais jaloux ne connut de plus sombres insomnies.

Ah! petite fille! si j'avais pu jadis prévoir combien ta présence me serait un jour chère et exécrable, de quel élan j'aurais fui l'hospitalière demeure de mon maître!

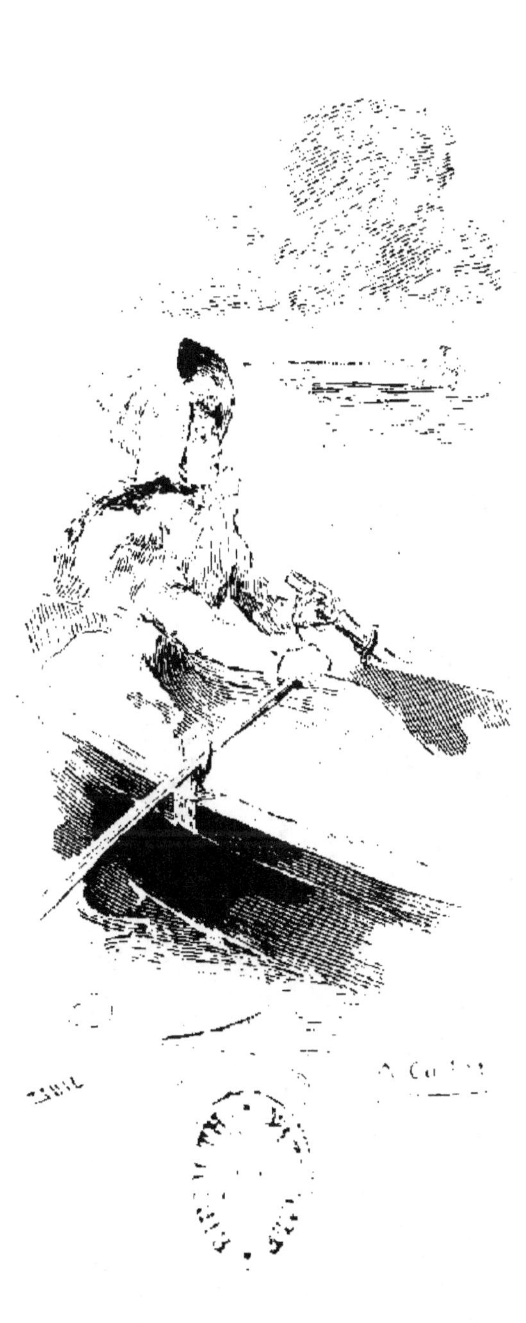

20 juin

C'est aujourd'hui que j'ai le plus amèrement ressenti la misère de ma destinée.

M. Ditchfield nous avait menés à Hyde-Park. Dans ces jours qui précèdent le départ, la *gentry* parcourt une dernière fois ses domaines. Notre landau s'est trouvé confondu avec mille voitures étincelantes, parmi lesquelles il faisait, d'ailleurs, très bonne figure. Dans ce faste lumineux, — les beaux jeunes gens, les jeunes femmes merveilleuses, — comment ne pas souffrir de la pauvreté

....

qui me défend de songer à
Mary? Mon amie brillait
comme une fleur choisie
parmi tout ce luxe; son attitude et chacun de ses mouve-
ments montraient combien
elle y était familière.

A l'ombre des grands arbres,
je ne sais quelle finesse héré-
ditaire, quel éclat de caste
s'exhalait de sa personne,
l'approchait de ces autres et
la séparait de moi! Com-
ment! j'oserais concevoir,
moi, pauvre diable!... Hélas!
c'est que, précisément, je n'ai
rien conçu du tout! N'étais-je
pas parfaitement heureux et
tranquille, aussi loin d'oser
lever un regard sur elle que
de penser à commettre un

crime ! Pourquoi, a-t-elle *voulu*, sans qu'il restât même au pauvre diable la ressource de s'enfuir ?

Cette idée me remplissait de rage, — non contre elle. assurément, — mais contre l'aveugle fatalité. Et, vers le crépuscule, ma mélancolie était telle, qu'un danger de mort ne m'aurait pas fait faire un mouvement de recul ! Qu'il était tendre, doux et solennel, ce crépuscule, sur la Serpentine rougissante, sur la rive fraiche, colorée, divine ! Qu'il luisait délicieusement sur les molles vapeurs du couchant, sur les nues mouton-nées !... Nous descendimes tous trois de voiture pour le

....

mieux goûter et nous mar-
châmes quelque temps au
bord de l'eau. Les fines barques passaient, ployant les
plantes aquatiques. Mille ru-
meurs chantantes s'élevaient
sur les feuilles, les roseaux,
les herbes. Mary eut alors
la fantaisie d'aller en canot,
seule. Elle se fit détacher une
embarcation, et parut devant
nous, éblouissante de blancheur, l'œil éclairé de rêve.
Ses mains fines plongeaient
les rames, lentement, et je
n'avais souvenance d'avoir
jamais rien vu d'aussi gra-
cieux. La force m'abandonna,
je dus m'appuyer contre un
arbre, et toute une minute je
crus que j'allais m'évanouir...

Nous revînmes sous les chênes trapus, les beaux hêtres, les vieux ormes des Kensington Gardens. La lune mince, indécise encore comme une nuée, flottait parmi les vapeurs en chevelures de lumière blanche, en fins amas de dentelles, en duvets.

— Michel, me dit M. Ditchfield, au moment où nous rentrions, si vous êtes malheureux, pourquoi du moins n'en pas dire la cause à votre ami? Ignorez-vous que j'ai pris envers moi-même l'engagement de vous rendre heureux autant qu'il est en mon pouvoir?

Mary rougit. M. Ditchfield me regardait avec douceur. Je sentis vraiment que, hormis la seule chose qui dévorait ma vie, il aurait tout fait pour me rendre la tranquillité. Je répondis à voix basse :

— Je connais votre générosité, mon cher maitre, et je n'aurais pas hésité à y avoir recours, si ma peine n'était de celles que nous devons supporter avec résignation, jusqu'à ce que le temps les ait guéries.

21 juin

Ce matin j'étais assis auprès de ma fenêtre, à vérifier un

travail, essayant en vain de
fixer mes idées. Un groupe
frais d'enfants chantait sous
les chênes rouvres :

Dear Mistress Mouse, are you within ?
   Heigho ! says Rowley.
O yes, kind sir, I'm sitting to spin,
With my rowley-powley, gammon and
                     [spinach,
   Heigho ! says Anthony Rowley...

J'ensevelis mon front dans
mes mains. Un sanglot secoua
mes côtes.

Sous les grands arbres, le
chœur naïf terminait la ronde :

As froggy was crossing over a brook,
   Heigho ! says Rowley.
A lily white duck came and gobbled
                     [him up,

....

With my rowley-powley, gammon and
[spinach,
Heigho! says Anthony Rowley.

Je me levai, je regardai par
la fenêtre la bande gracieuse,
les robes de couleur vive, la
douceur des figures, la joie
et le triomphe qui jaillis-
saient en rires pleins de fos-
settes, de dents fines, de
lèvres savoureuses.

Je me retirai, blessé, ébloui.
Le navrement des douleurs
sans ressource me fit songer
au suicide. Et je balbutiais
désespérément :

« Qu'as-tu fait, petite Mary ?
Ne pouvais tu aimer un autre
homme ? »

Un heurt craintif résonna à

la porte, et que je reconnus
trop bien!... La jolie figure
de Mary parut dans le cadre
clair. Elle palpitait, elle res-
pirait rapidement.

Et je pensai que je ne re-
gretterais rien et que j'ac-
cepterais gaiement et sans
répit la mort, si je pouvais
une seule fois prendre la tête
blonde sur mon bras et recevoir le baiser d'amour des
lèvres rouges.

Mais, en même temps, je
revis la silhouette de grâce et
d'aristocratie parmi les autres
jeunes silhouettes du défilé
mondain. Cette vision me fit
surmonter ma défaillance. Je
demandai d'un ton grave :

— Eh bien, Mary?

Elle baissa les yeux et dit :

— Est-ce que vous pourrez me pardonner ?

— Je n'ai rien à vous pardonner.

— En êtes-vous sûr ? Ne m'avez-vous jamais détestée ?

— Je ne vous ai jamais détestée.

Je répondais avec autant de calme que le permettaient ma surprise et mon agitation. Je ne voyais pas où pouvait tendre ce préambule, sinon à terminer enfin l'épreuve.

Tout à la fois, c'était une espérance et un désespoir, mais, à coup sûr, je souhaitais le dénouement.

— Et quoi qu'il arrive,

vous ne sentirez contre moi aucune colère?

— Non, quoi qu'il arrive!

— Si je vous libérais de votre parole, partiriez-vous?

— Je partirais.

— Même si j'étais guérie?

— Non... dans ce cas, je resterais.

— Et vous ne souffririez pas?

— Je n'ai point à vous le dire... Mais, je vous prie, si ce n'est point pour me libérer ou pour m'annoncer votre guérison, rappelez-vous que nous ne pouvons parler de ces choses.

— Ne me croyez pas assez vaine pour en parler sans motif!...

....

— C'est donc que vous me libérez! fis-je avec force.

Elle leva doucement les paupières, et il parut sur son visage un peu de l'éternelle duplicité de la femme. Je crus à un piége, je m'armai de défiance.

— Si vous étiez libre, reprit-elle, répondriez vous à toutes mes demandes?

— Je ne sais pas... Il faudrait savoir d'abord...

Elle m'interrompit :

— Eh bien! si c'était la condition de votre liberté?

Je ne parlai pas tout de suite. La question était captieuse. Tout compte fait, cependant, je ne voyais d'issue que dans l'affirmative :

— Il faudrait bien alors que je répondisse.

— Eh bien! de ce moment vous êtes libre... Si je vous annnonçais maintenant que je suis guérie, ne souffririez-vous pas?

Je me sentis faible comme un petit enfant; je mis la main sur ma poitrine qui battait à se rompre.

— Je souffrirai de toute manière! m'écriai-je. Mais tout vaut mieux que l'horrible incertitude où je vivais.

Elle garda le silence. Son visage était doux, tranquille, presque souriant. Pâle encore, mais non plus d'une pâleur chagrine, on pouvait deviner que la lutte était finie pour elle. Je pensai que la journée précédente avait été décisive pour arracher de son imagination des vœux défendus, ou plutôt que, lentement détachée de moi, elle avait soudain vu clair dans son cœur. Ma tristesse fut infinie, mais il ne s'y mêla guère d'amertume. Tout me parut bien et selon la règle. J'acceptai volontiers, puisque la douleur ne serait plus que pour moi seul.

Mary se détacha soudain de la muraille où elle s'appuyait.

— Que vous me connaissez donc mal! dit-elle.

— Il est vrai, répondis je. Depuis l'an dernier, je vous connais moins bien.

— Ainsi, — reprit-elle, en me regardant bien en face, — vous avez cru que j'avais souffert pour un caprice ! Vous avez cru que j'avais l'âme de celles qui sont prêtes à défaire dix fois leur choix !... Ah ! mon cher maître, prenez une meilleure opinion de votre élève ! Sachez qu'elle n'a point aimé à la légère ! Sachez que si elle n'avait pu être votre femme, elle n'aurait du moins été l'épouse d'aucun autre homme !

— Ma femme ! m'écriai-je.

Et je sentais au fond de moi, trouble encore, le bonheur qui bouillonnait, qui chassait les longues misères.

Elle rougit, elle baissa les

....

yeux, en murmurant d'une voix soumise :

— Oui, votre femme.

J'étreignis sa main ; une beauté neuve s'ajoutait à la blonde beauté de mon amie, beauté de recommencement du monde, splendeur de résurrection.

— Mary, fis-je... est ce que c'est vrai ?

— Comme ma vie même !...

— Et comment cela s'est il fait ?

— Oh ! très simplement. Je n'ai eu qu'un mot à dire et mon souhait a été exaucé... Nous ignorions combien était indulgente la tendresse de mon oncle pour vous et pour moi...

. . . .

Je la pris contre mon cœur, je lui donnai en tremblant le baiser des fiançailles.

Et tout bas je me félicitais d'avoir beaucoup souffert, d'avoir durement gagné l'Éden. Je sentais que chacune de mes joies serait plus vive pour avoir été plus combattue, et que les années de mon amour en prendraient une douceur plus ineffable.

Imprimerie des Nouvelles Collections Guillaume

E. GUILLAUME, DIRECTEUR

Borel. — 110, avenue d'Orléans, Paris.